Nene, Nena y Guau



# ¿Dónde está?

EDICIONES GAVIOTA

¡Vamos a jugar al escondite!

¿Quién empieza?

1...2...3...4...5...

Ronda, ronda, el que no se haya escondido que se esconda.

Guau está **dentro** de la caseta.

Ahora está **fuera** de la caseta.

Miau está **encima** de la valla.

Nena está **debajo** de la mesa.

Pío-pío está **delante** de la planta.

Tino está **detrás** del árbol.

Ahora, Tino está **al lado** de Nena.

Tina está sentada **en** el columpio.

Pío-pío está **arriba**.

Miau está **abajo**.

Guau está **lejos**.

Ahora, Guau está **cerca**.

Nene está a la **izquierda** de ese árbol.

Ahora, está a la **derecha** del árbol.

Pío-pío está **entre** Miau y Guau.

Miau está **enfrente** de Guau.

Ahora cualquiera sabe dónde están.

Miau y Guau están muy juntitos.

¿Dónde está Guau?